www.edicionesjaguar.com
jaguar@edicionesjaguar.com

Adaptación de los textos: Eva Rodríguez
© Ilustración: David González

ISBN: 978-84-16082-78-0
Depósito legal: M-28363-2014

Cenicienta

Ilustrado por David González

miau

Había una vez un buen hombre que tenía una hija preciosa. Cuando falleció su esposa decidió volver a casarse... Esta nueva mujer era gritona y mal educada y tenía dos hijas a cada cual peor...

Feas requetefeas, y muy pero que muy maleducadas.

Sin embargo, la hija de este hombre no solo era bonita por fuera, sino que tenía un carácter dulce y amistoso, además de una bondad infinita.

Se pasaba un poco de buena creo yo...

Nada más celebrarse la boda, las tres mujeres empezaron a portarse muy mal con ella y le hacían trabajar de sol a sol limpiando la casa, lavando la ropa y ocupándose de todas aquellas tareas que nadie quería hacer.

Estas hermanastras eran unas brujas...
Que levante la mano quién crea que las hermanastras merecen encontrarse un sapo entre las sábanas.

Le mandaron a dormir a la buhardilla, donde casi no había luz y la cama era apenas un colchón viejo. Le apodaron Cenicienta, ya que de tanto limpiar estaba siempre llena de polvo y ceniza.
Pero ella todo lo tomaba con paciencia y sc conformaba con lo poco que le daban, tan buena era que no quería preocupar a su padre.

Cenicienta espabila, que una cosa es ser buena y otra no hacerse valer...
¡No te conformes!

Un día llegó a la casa el mensajero real con una invitación para un baile que ofrecía el príncipe. Se convocaba a todas las damas distinguidas de la comarca, pues el príncipe buscaba princesa y ninguna quería perderse esta ocasión.

¿Un príncipe que busca una princesa en un baile? Pues no sé yo si eso es buena idea... Si con la música no se puede ni hablar...

Por supuesto, las dos hermanastras de Cenicienta recibieron su invitación. Andaban locas de contentas por toda la casa preparando sus vestidos, pensando en sus peinados, decidiendo qué joyas llevarían... Dos días pasaron sin comer para lucir mejor figura y varios cordones de los vestidos rompieron intentando ponerse vestidos ajustadísimos... Cenicienta mientras recogía, cosía, arreglaba todo lo que ese par de malvadas hermanastras le pedían de muy malas maneras.

"Aunque la mona se vista de seda mona se queda".
Y estas dos hermanas son taaaan feas que ni con vestidos nuevos...

Por fin llegó el día del baile.
–Cenicienta ¿Te gustaría venir al baile? –le preguntó a Cenicienta una de sus hermanastras.
–¡Me encantaría!
–¡Pues sigue soñando! Tú mejor arréglame el pelo y ponme bien el vestido que aún tienes mucho que limpiar.
–Ja, ja, eso, ¡sigue soñando, Culocenizón! Ja, ja.

Pero Cenicienta, ¡vamos! ¿es que no quieres ir al baile?
Pues arréglate y deja de peinarlas...

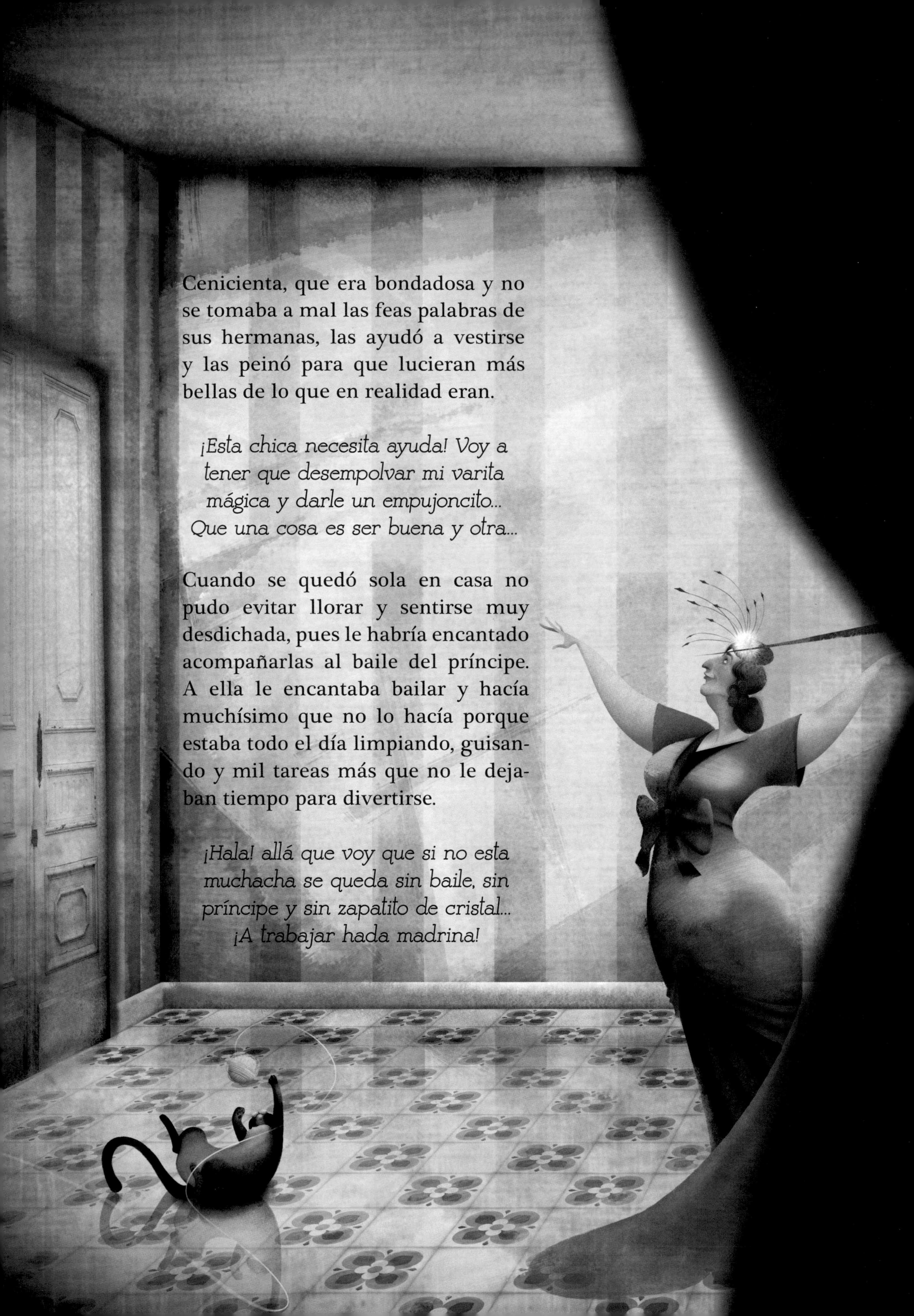

Cenicienta, que era bondadosa y no se tomaba a mal las feas palabras de sus hermanas, las ayudó a vestirse y las peinó para que lucieran más bellas de lo que en realidad eran.

¡Esta chica necesita ayuda! Voy a tener que desempolvar mi varita mágica y darle un empujoncito... Que una cosa es ser buena y otra...

Cuando se quedó sola en casa no pudo evitar llorar y sentirse muy desdichada, pues le habría encantado acompañarlas al baile del príncipe. A ella le encantaba bailar y hacía muchísimo que no lo hacía porque estaba todo el día limpiando, guisando y mil tareas más que no le dejaban tiempo para divertirse.

¡Hala! allá que voy que si no esta muchacha se queda sin baile, sin príncipe y sin zapatito de cristal... ¡A trabajar hada madrina!

En eso andaba pensando triste y llorosa Cenicienta cuando
se le apareció su hada madrina.
–¿Te gustaría ir al baile, verdad? Pues eso vamos a arreglarlo...
–Pero hada madrina, no tengo vestido y mira mi pelo, mis zapatos
están rotos y no tengo medio de llegar hasta allí.
–Pero bueno preciosa, soy un hada madrina ¡tengo mis trucos! Anda
corre, ve a buscar una calabaza, pero una hermosa.
Cenicienta no sabía cómo iba a ayudarle una calabaza a ir al baile del príncipe,
pero corrió a buscar la más bonita que pudo.
Con un solo toque de su varita mágica, el hada madrina transformó la calabaza
en un bello carruaje, pero hacían falta caballos que la llevarán. Rebuscó en una
ratonera cercana y de allí sacó seis ratoncitos que a un toque de su varita
se convirtieron en briosos corceles.

La verdad, tendréis que reconocerme que soy
muy buena haciendo magia.

–Mmmm... –meditó el hada–. ¿Con qué puedo hacer un cochero?
–Creo que sé donde podemos encontrar algún ratón más, hada.
En el huerto comiendo tomates había tres ratones gorditos que encantados se subieron a las bondadosas manos de Cenicienta. En menos de dos segundos el hada les transformo en un gordito cochero y dos lacayos.
–Yo creo que ya puedes ir al baile.
–Hada madrina, muchísimas gracias pero creo que no podré ir. Creo que mis vestidos son muy feos para un baile tan importante.

Está todo pensado, esta Cenicienta se me adelanta.

El hada puso su varita sobre la joven y en ese mismo momento sus ropas se transformaron en un maravilloso vestido y en sus pies unos preciosos zapatitos de cristal. Ahora sí que estaba guapa Cenicienta, lista para ir al baile. Pero antes de partir el hada le hizo una advertencia:

–Deberás estar de vuelta antes de medianoche, pues a esa hora finaliza el hechizo y tu vestido y la carroza volverán a ser lo que eran antes.

Cenicienta, agradecida, le prometió que así lo haría y llena de felicidad partió hacia el baile.

No me fío nada de que me vaya a hacer caso con el horario, estos jóvenes son muy olvidadizos... Verás la que se puede liar.

Nada más entrar en el salón del baile todos se giraron a mirar a la preciosa joven que acababa de llegar y a la que nadie conocía. Era una belleza, una auténtica princesa. El príncipe se acercó y ya no la dejó en toda la noche, bailando una pieza tras otra con esta maravillosa joven.
El mismo rey no pudo evitar comentarle a la reina que nunca antes había visto a nadie con tal delicadeza y hermosura.
Y el resto de damas del baile no podían dejar de mirar el maravilloso vestido deseando conseguir telas tan finas para sus próximos vestidos.

Lo sé, me ha quedado precioso el vestido, soy una artista... creo que debería pensar seriamente en dedicarme a la moda.

Y tan feliz estaba Cenicienta que no se dio cuenta de que el tiempo había pasado cuando oyó sonar la primera campanada de medianoche. Se levantó y salió a toda prisa de allí. El príncipe intentó seguirla pero no pudo alcanzarla. En el camino se encontró con uno de los zapatitos de cristal que ella había perdido en su huida, él lo recogió con todo cuidado.

¡Lo sabía! Se le iba a olvidar lo que le dije:
"A las doce tienes que estar de vuelta..."

Cenicienta llegó a casa de nuevo vestida en harapos, sin carroza y sin lacayos, pero sí que había conservado uno de los dos zapatos de cristal, el que no perdió en su huida.
El príncipe preguntó a todos en palacio si alguno conocía o sabía algo de esa princesa que había salido corriendo, pero nadie la había visto. La única persona que había salido de palacio había sido una muchacha muy mal vestida que desde luego no era una princesa, más bien parecía una aldeana...

Este príncipe se ha enamorado de Cenicienta...
¡Ohhh! qué bonito...

Al regresar las hermanas del baile, Cenicienta les preguntó qué tal lo habían pasado. Le hablaron de una preciosa dama que salió corriendo dejando al príncipe triste contemplando un zapatito de cristal que ella olvidó en su carrera.

Ja, ja, envidia que a vosotras ni os ha mirado...

A los pocos días, el hijo del rey mandó proclamar que se casaría con aquella cuyo pie se ajustara al zapato de cristal. Las primeras en probárselo fueron las princesas, después las duquesas, seguidas del resto de la corte, pero resultó inútil, a nadie parecía servirle ese zapatito.

¡Claro, es que estáis buscando en el sitio equivocado!

Y empezaron a buscar entre el resto de las chicas del reino, llegando un día a la misma casa de Cenicienta. Sus hermanas hicieron todo lo posible por intentar calzarse el zapatito, pero no hubo manera de que a ninguna le cupiera. Cenicienta vio la escena reconociendo allí su zapato.
–¿Puedo probármelo yo?

¡Ya era hora! Verás que risa cuando te vean ese par de granujas...

Las hermanas empezaron a reírse y a burlarse de ella. Pero el cortesano que llevaba el zapato miró a Cenicienta, a la que encontró muy guapa, y le dijo:
–Claro, deben probárselo todas las jovencitas del reino.
Y acercando el delicado zapato a su piececito vio que encajaba sin esfuerzo y que parecía hecho a medida para ella.
Las dos hermanas no salían de su asombro, pero este fue aún más grande cuando Cenicienta sacó del bolsillo de su delantal el otro y se lo puso.

Ja, ja, ja, qué momento tan divertido ¡menudas caras!
ahora ya no os reís tanto ¿eh?

Apareció justo en ese momento el hada madrina, quien tocó los vestidos de Cenicienta, volviéndolos aún más bonitos que los que llevó al baile.
Las dos hermanas reconocieron inmediatamente en Cenicienta a la persona que habían visto en el baile junto al príncipe. Y se sintieron fatal por lo mal que la habían tratado todo ese tiempo.
–Perdónanos Cenicienta, nos hemos comportado horriblemente contigo, y tú siempre has sido amable y cariñosa con nosotras.

¡No las perdones que se han portado fatal!

–Pues claro que os perdono, sois mis hermanas y es importante que nos queramos mucho –dijo Cenicienta abrazándolas.

Vigilaré de cerca porque no me fío nada de estas dos que son malas y envidiosas.

Así fue llevada ante el príncipe, que la encontró más bella que nunca, y pocos días después se celebró la boda, a la que todo el reino estuvo invitado y se comió y se bebió durante largos días. Nadie pudo evitar reconocer lo bella y bondadosa que parecía la nueva princesa.

¿Y nadie va a mencionar lo importante que ha sido mi trabajo para que toda esta historia termine en boda?

¡Qué trabajo tan ingrato este de ser un hada madrina!